잠깐 시간의 발을 보았다

황금알 시인선 53
잠깐 시간의 발을 보았다

초판인쇄일 | 2012년 4월 17일
초판발행일 | 2012년 4월 30일

지은이 | 유봉희
펴낸곳 | 도서출판 황금알
펴낸이 | 金永馥
선정위원 | 마종기 · 유안진 · 이수익 · 문인수
주 간 | 김영탁
편집실장 | 조경숙
표지디자인 | 칼라박스
주 소 | 110-510 서울시 종로구 동숭동 201-14 청기와빌라2차 104호
물류센타(직송 · 반품) | 100-272 서울시 중구 필동2가 124-6 1F
전 화 | 02)2275-9171
팩 스 | 02)2275-9172
이메일 | tibet21@hanmail.net
홈페이지 | http://goldegg21.com
출판등록 | 2003년 03월 26일(제300-2003-230호)

값 8,000원

ISBN 978-89-97318-10-0-03810

잠깐 시간의 발을 보았다

유봉희 시집

황금알

세 번째 시집을 묶으면서
지난 글들을 읽어보니
작은 것들과 눈 맞추며
오래 무릎을 접고
앉아 있었던 것 같습니다.
그들이 들려준 낮은 소리가
어떤 마음에 닿았으면 합니다.
이제 먼 능선의 서늘한 눈빛을 봅니다.
예사롭지 않던 저녁 바람결에
들려오던 그 소리를 따라
길을 나서고 싶습니다.

2012년 해오름 달에
호두나무 골에서
유봉희

차 례

2부

3부

1부

발자국 호수

억수로 비 쏟던 엊그제
어느 누가 어떤 마음으로
이 언덕 모퉁이를 걸어갔을까요.
물 고인 발자국 안에 내려앉은 하늘
작은 웅덩이에 동그만 하늘
구름도 산드르 떠 있습니다.
세상에서 제일 작은 호숫가에서
그만 가던 길을 놓아 버렸습니다.

나도 일상을 성큼성큼 걸어가다가
호수 하나 만들고 싶습니다.
붙일 곳 없는 어떤 쓸쓸한 마음에게
혹은 적적한 당신에게
작은 발자국 호수로 놓여
지질린 낮에 잠깐 웅크리고 앉으면
어쩌다가는 물방개 한 마리 건너오고
바람 부는 밤, 별 소나기 쏟아질 때는
아기별들 소근소근 놀다가
별바래기 하나 가만히 놓고 가는 호수.

* 지질린 : 기운 꺾여 짓눌린.
* 별바래기 : 별을 바라며 희망을 간직하고 사는 모습.

고래 꼬리

그때 고래가 나타났다.
수평으로 활짝 펴서 천천히 물속으로 떨어지는 꼬리지
느러미
조각조각으로 흐르는 빙하 속을 물레방아 돌리며
고래 한 마리가 침실 발코니 앞으로 오고 있다.
여행객들이 다이닝룸에서 저녁 잔을 기울이고 있을 때
멀리서 안테나를 올렸었는지
모자도 없이 바람에 날리는 한 사람을 읽었나 보다.

아득한 시간 넘어 바다로 들어간 그가
가장 크고 오래된 그의 책장을 넘긴다.
이 두근거림을 그냥 침묵이라고 말해버릴 수는 없겠다.
이제 알 것도 같다.
왜 나는 자꾸 바다로만 가고 싶었던지
이제 어두워가는 빙하 위에서
몇천만 년 만의 해후를
안타까운 10초로 만났다.

그래, 세상 밖에서도 내가 진정으로 만나는 것들은

머리가 아닌 꼬리였었지.
내일 아침 이 배는 항구에 닿고
바다를 떠난 오랜 후에도
고래는 바다를 넘듯 시간을 넘어 나에게 올 것이다.

새 발자국

이른 새벽 바닷가
새 발자국
늑 늑 늑 늑 늑
뒤돌아보니
긐 긐 긐 긐 긐
다시 읽어보니 작을 소小
小小小小小

파도가 자꾸 쓸어 담아가는
삭정이
오늘 밤
달이 환하게 불 켜겠다.

허공과 허공이 손을 잡다

팡팡 진분홍 꽃 주먹 터트리며
초록 진초록 잎 창창 딛고
내닫던 나팔꽃
칠월의 정수리로 올랐다.

문득 가던 길 끊어지고
공중에서 아찔 발이 풀렸다.
받침대도 없고
사다리도 없는 깊은 나락
허우적거리는 저 나팔꽃의 손들
저리 너울대도
노랫가락일 수는 없겠다.
춤일 수는 없겠다.

한밤 사이 어찌 깨달았을까.
누가 가르쳐주었을까.
허공과 허공이
서로의 손을 잡았다.
절벽 끝에서 길을 여는

난간 밖으로 징검다리를 놓는

하, 칠월의 나팔꽃.

이 시간에

나무 위의 새들도
까무러치듯 잠든 이 시간
"금 나와라 뚝딱, 은 나와라 뚝딱"
귀여운 도깨비들만 한참 재미있을
새벽 두시와 세시 사이
지금 서울은 저녁 먹을 때라고
밥 먹자고 조르는 누구에게
얼른 밥 갖다 바치는
참, 말 잘 듣는 나

저 우주 끝에선 새 은하가 태어나고
이 지상에선 아픈 사람들만 깨어 있는
나는 이렇게 밥통이나 채우는
이 시간

하이든을 연주하는 새벽 달

바람 부는 우듬지 위에 새벽 달
저 손톱 달은 어떻게 하늘가로
흘러간 것일까.
아직 여명은 멀어
어떤 이의 울먹임이
어떤 이의 고단한 쓸쓸함이
조금씩 넘치고 얼어서
결빙의 무늬로 차올랐을까.

이제 별들은 연주하던 악기를 끄고
하나씩 무대를 떠나간다.
여기 하이든 고별 교향곡 무대에
마지막 남은 연주자 새벽 달
바람의 절벽으로 사그라지는
저 피아니시모의 연주를
빙하의 굉음으로 받아 안는 이가 있다.
겨울 새벽 숲에서.

대나무 숲에서

대밋벌 대나무 숲에 바람 분다.
늦은 11월 해거름에 흔들리고 흔들린다.
힘주면 부러진다.
노래하려면 목이 풀려야지
춤을 추려면 몸이 풀려야지
바람은 무언가를 감아올리듯
자꾸 몸을 부풀리는데.
비워라 비워라
저 대나무 속 들여다보지 않아도
휘청휘청 자신의 몸속 계단을 오르며
서늘한 빈방을 한 칸씩 늘리는 일일 텐데
이 어스름 녘 대나무 숲을 걷는 사람
짙은 나무 그늘을 돌계단 오르듯
무슨 등짐이 그리 무거워 보이는지.
비워라 비워라
이천오백 년 들어온 소리
대나무 숲에서
다시 듣는 그 바람 소리.

* 대밋벌 : 어떤 산을 중심으로 그 산의 기슭에 바싹 잇닿은 벌판.

길 건너는 다람쥐

철렁, 운전대 내 가슴을 내려치고
길 건너는 다람쥐
앞뜰에 무화과 익기 전에 다 따먹고
공원나무 도토리는 공차기 연습하듯 털어내다가
산책하는 내 머리를 맞히기도 하는 다람쥐
이 가지 저 가지 나무 타며 마음껏 즐거울 텐데
다람쥐가 다람쥐답게 사는 것일 텐데
나를 이리 놀라게 해도 되는지

잘 먹어서 통통 살찌고 자르르 털 흐르는 다람쥐가
빵만으로는 살 수 없다고 말하고 싶은 것인지
목숨을 걸고라도 넘고 싶은 길이 있다는 것인지
사람들은 꿈만 꾸다가 건너지 못하는 그 길을
설마, 다람쥐 네가 목숨을 놓고라도
건너가고야 말겠다는 것인지

백기를 건다

밤마다 백기를 건다.
경건한 무슨 의식인양
더 이상 물 먹은 순면의 타월이 아니다.
바닥으로 늘어지면 하루가 엄살로 끝나고
천장에 부딪히면 오기로 남는 것 같아
공중에 백기를 건다.

그는 나를 슬며시 수면으로 밀어놓고
칠흑의 밤 목마른 사막을
맨발로 걸어갈 것이다.
모르고 지은 내 허물이
알고 지은 것보다 커서
그의 등짐이 무거울 것이다.
낙타의 발자국이 깊을 것이다.
그러나 그 등짐의 능선 위로 다시 햇살 돋아나고
바람의 마른 갈기 몇 가락 얹어
하얀 사구로 돌아온 타월.

히말라야 등반은 아닐지라도

순례에서 돌아온 이를 맞이하듯
성자의 옷깃을 어루만지듯
이렇게 새 아침을 만날 수 있는 것은
어젯밤에 백기를 들었기 때문이다.

나무 한 잎의 무게

가을 잎 하나 창밖에 떨어지는데
하르르 나뭇잎 하나 떨어졌는데
휘청 기우는 북위 37도
왈칵 쏟아지는 바닷물

태평양을 가운데 두고
평행선 위에 간신히 너와 나
나무 한 잎의 무게로
기어코 침수되고 마는가

그녀의 것

이십 년 단골미용사가
거울 앞에 나를 앉혀놓고 하는 말
이 머리는 다른 몸에 얹혀 있지만 내 머리입니다
하하 웃다가
생각하니 정말로 옳은 말
다시 뜯들여 보니
머리도 몸도
발도 손도
그리고 생각도
내 것이 아니었었네.
그러면
내 것이 아니라고 하는
이 마음만은
내 것인가.

하루살이

저녁 문틈 바람으로
어찌하다 새어 들어왔을 검은 티끌
목숨의 길이가 하루살이라 한다지만
길고 짧은 것 비교할 것 못 된다.
너와 내가 다른 것은
나는 아침마다 청사과 하나를 시원하게 먹어버리고
저녁엔 붉은 포도주 한 잔으로 아득해지는 것.
하루를 사는 너는 입이 필요치 않아 없어졌다지만
그래도 미안하구나.

어느 하천이나 시냇가 어디
해질녘부터 어두운 밤까지 쟁쟁한 군무 속
솔직한 한 가지 춤, 단순하게 결사적으로
하얗게 목숨을 태울 수 있는 너는
너대로의 값을 다 치러서 좋겠다.
내가 네가 아니어서 확실한 말은 할 수 없더라도
입이 없어도 괜찮겠다.
너 아니?
입 때문에 사람을 벗어야 하는 사람들

입 때문에 백 년을 하루 값도 못사는 사람들이
많은 것,

바람새 위로 달 떠오르다

조금 남은 햇살이
마른 능선을 보듬고 있는 저녁
누가 부르는 듯 길을 나섰습니다.
가까운 바다 쪽에서 바람이 불어오는지
길가에 유도화는 하얗게 다시 떠오르고
들리지 않던 새소리 갑자기 커집니다.

바람새 위로 달 떠오릅니다.
달이 세상을 마주 보려고
뒷걸음으로 가고 있습니다.
한 이틀 지나면 보름달로 차오르겠지만
지금은 한쪽으로 가만히 기울어진 얼굴
어떤 슬픔과 쓸쓸함이 기댄 모습일까요.
저 달이 바다바래로 어두움을 불러오지 않았더라도
그의 등 뒤 바위츠렁 아득해
마른 여울 바람 소리 깊어집니다.
이 밤엔 서늘한 그림자를 풀어서
달의 뒤편을 가만히 만져보고 싶습니다.

바람 조용히 이는 지상의 길이 하늘 숲으로 닿습니다.

* 바다바래 : 간절한 소망을 품은 모습.
* 바위츠렁 : 바위가 험하게 치렁치렁한 곳.

기울다

“똑바로 서”
몇 번을 고쳐 돌려놓아도
아기 입속 같은 연분홍 튤립이
그저 예쁘기만 한 저 튤립이
창문을 향해 몸체를 기우뚱.

화분 속에 눈 감고 있는
은근한 구근의 염원이든
몇 잎의 연초록 날개 손짓이든
십오 도로 기우는 그리움은
두꺼운 어둠을 말아 올린다.
햇살이 긴 발을 내려놓는다.
생각 많던 먹구름이
드디어 소나기 즉흥곡을 쏟아낸다.
몇백 광년으로 달리던 별도
연분홍 튤립과 반짝 눈을 맞춘다.

여기, 왁자지껄, 고요 속
십오 도로 기우는

저 간결한 몸
저 간절한 마음.

노란 단풍잎

검은 아스팔트길 위에 샛노란 단풍잎
아직도 온몸으로 껴안고 있는 것 태양 빛인지
온 마음으로 닿고 싶은 것 별빛인지
노란 단풍 해맑은 얼굴을 그냥 버려둘 수 없어
단풍잎을 집어 들었지만
책갈피에 끼워 놓고 싶지만
아니, 지금은 잠깐 시리게 눈 맞추고
조금 쓸쓸하게 헤어질 시간

이제 하늬바람 다시 불면
배 한 척 단풍잎
아직은 단단한 멍에 위에
바람의 돛을 올리고
둥 둥 둥
그들의 심장이
북채 내리는 곳으로
황홀한 마지막 여행

2_부

정말 좋은 사진

정말 괜찮은 사진인데
눈만 감지 않았다면
몬트레이 바다가 어깨에서 넘실거리고
바닷바람에 머리 살짝 이마에 그늘 내리는
보일 듯 말 듯 미소도 한 입 머금고
눈만 감지 않았더라면
당신 지갑에 살그머니 넣어주고 싶은 것인데.

아깝다, 한참을 못 버리고 있다가
그래! 고개 끄덕이었지요.
생각할 때의 내 모습
기도할 때의 내 모습
거울 앞에 서도 보이지 않던
우물을 들여다보아도 보이지 않던
그 모습 거기에 있었네요.

때로는 눈감고 세상 앞에 서라고
때로는 눈감고 세상을 보라고
때로는 눈감아주라고
내 책상 위에 놓아두었지요.

밤비의 날개

밤바다에 비, 비 내린다.
천길 빙하 바다, 여객선 갑판 위로
밤비 날아든다.
차갑고 따갑게 얼굴에 맺히는 빗방울들
조그만 연체동물로 손등을 기어가는 빗방울들
먼 들판을 달려서 첩첩 산길을 넘어왔을 그들은
내가 기억하지 못하는 어떤 먼 인연들인가
이제는 머뭇거리며 악수를 청해야 하는 인연들인가.

다시 밤바다로 끝없이 뛰어내리는 빗방울들
눈 밖으로 멀어지는 것은 그냥 사라지는 것인지
머리를 들어 뱃머리를 보니
흘러내리는 불빛 줄기 속에서
밤비가 반짝반짝 은빛 날개를 편다.
날개를 서로 부비며 무리를 지어
겹겹이 쌓인 어둠의 나이테를 벗긴다.
우리 지나온 길 또한 저러했겠지.

내일 아침 몇 사람은

지중지중* 배 난간에 기대어서
바다에 떨어진 그 은빛 날개 조각을 볼 수 있을는지.

* 지중지중 : 곧장 나가지 않고 머뭇머뭇하는 모양.

나비가 머문 자리

팔 위에 내려앉은 나비
푸른 날개가
고요의 무게로 접혔다.

나는 숨죽인 나뭇가지다.
첫 꽃을 피운 나무는
첫 눈을 받은 나무는
이렇게 조금 부끄럽고 황홀했을까.
환하게 얼어붙은
나비가 내려앉은 몇 초
무용수가 공중에 머무는 몇 초로
태고의 정적을 모셔왔다.

내가 꽃나무인 줄 아나 봐
다섯 살 소녀가 아니어도
이렇게 말하려고 하는데
팔에서 싹도 돋고 꽃도 피려는데.

그 밤송이

온통 가시를 둘러 박아 집을 짓고
가죽보다 질긴 겉옷도 안심이 안 되는지
알몸에 각질 같은 보늬를 풀 붙여 입었구나.

그리고는 그 밤송이
삶은 밤 같은
포근포근하고 새하얀
밤벌레의 집이 되었구나.

윙크하는 바람

바람도 가고 싶은 길이 있고
가야 할 길이 있나 보다.
매년 십일월 셋째 주가 되면
차고 앞에 지게로 낙엽을 부려 놓고 가는 바람을
십 년 동안 보아왔지.
길을 걷다 보면 같은 장소에서
만나는 같은 바람이 있지.
오늘 저녁 산책길엔 눈높이 나뭇가지에 앉아
다리를 찰랑찰랑 흔들면서
내게 윙크를 보내는 바람
나에게 할 말이 있는 듯했어.
그동안 몇 번이고 나를 구석구석 살펴보았을
나이 많은 그 바람
괜찮아, 괜찮아
무엇이 어떻게 괜찮은지 잘은 모르겠지만
나도 그래그래 대답해주었지.
뜻도 모르면서 그냥 대답을 하고 나니
정말 세상에 괜찮지 않은 것 없더라고
그렇더라고.

선인장 로미오

키 장대로 크고 몸피 억센 선인장
산책길로 뚜벅뚜벅 걸어나온다.
저 가시투성이 팔에 잡히면
피범벅 되고 말겠구나.

오늘 아침엔 그 가시 손으로
붉은 꽃봉오리 받쳐 들었다.
받아달라고
꽃불 솟는 내 마음 받아달라고.

어찌할까
심장을 토해낸 듯 저 색 붉은
가던 길을 확 막아버린
황홀은 아슬아슬하다.
받아줄까
잡혀줄까
함께 죽어줄까.

석양 벌에서

석양 하늘에
풀무질하는 하늬바람
다시 불붙는 하늘
저녁 새 몇 마리
설핏 끄슬려서 하늘가를 맴돈다.

아직도 떠도는구나.
떠가는구나.
무릿매로 날아간 오래된 그 시간.

* 무릿매 : 잔돌을 노끈에 매어 두 끝을 잡고 휘두르다가 한끝을 놓으며
멀리 던지는 팔매.

꽃잎 맞춤

온통 붉은 꽃 덩이 동백나무를 보다가
솜사탕처럼 부풀어 오른 동백꽃을 보다가
"참 야단스럽다"
고만 이렇게 말하고 말았다.
어린 소녀가 옥상에서 뛰어내렸다는 아침 뉴스가
삼켜지지도 내려가지도 않아서 그리하였다 하더라도
잘못 했다는 말로 용서받을 일이 아닌 것 안다.
다음 해도 또 다음 해도 꽃 한 송이 피지 않았다.
"용서하지 마라"
오늘 아침도 쓸쓸한 눈길로 서성이는데
동백꽃이 진분홍 웃음을 날려 보냈다.
화들짝 뛰는 가슴
꽃잎에 가만히 입술을 대었다.
참 따뜻하고 서늘한 꽃잎
나는 용서 받을 수 있으려나.

일기예보를 듣다가

아테네는 해 뜨고 런던에는 구름 끼고
앵커리지는 눈 내리고 도쿄에는 먹구름
밴쿠버에는 바람 불고 샌프란시스코에는 안개 끼고
서울에는 장대비
밤까지 비가 온답니다.

혜화동에 비가 오네요.
이름이 생각 날듯 말듯, 한 책방 앞에서
금방 집 한 채가 켜졌습니다.
우산 속은 오붓한 집 한 채입니다
오색 지붕들이 둥둥 떠내려가는 혜화동 길목
빨간 지붕이 옆집 지붕을 스쳤습니다.
빗방울 몇 개는 후드득 날렸습니다.
가던 길이 바뀌었습니다.

바라보는 것도 발걸음입니다.
여기 물방울 하나가
지구 반 바퀴를 돌려보는
아무 날, 오늘.

밥이란 글자를 보다가

밥이란 글자 안에는 밥 두 그릇이 있네.
반 그릇씩 담은, ㅂ과 ㅂ
고봉으로는 올리지 않고
살짝 반 그릇씩 담은 밥
하루에 두 번이면 족하다고?
한 끼 남은 밥은
가고 싶은 데로 간다.
(아프리카로 가든지
38선을 넘겠지)
밥이란 글자가 서 있네.
밥 먹고 누우면 소가 된다는 말
어렸을 적 참 많이 들어본 말
눕지도 말고 주저앉지도 말고
걸어 다녀야 한다고?
"ㅏ" 자세로 꼿꼿하게 서서 간다.
"ㅏ" 새롭게 세상을 보며 간다.

그는 약속을 지킨다

차가운 잠의 벼랑으로 세상이 떨어지는 이 시간
혼자서 파란 눈을 켜고 지키는 화씨 60도는
그가 지키려는 굳은 약속이다.
온도를 감지하는 센서는 그의 뇌심장이다.
잠결에 들으면 뱃고동 소리로, 프로펠러 소리로
가족들을 아늑한 잠으로 실어가는 그의 걸음이 고맙다.
혼자 깨어 있는 것들의 힘겨운 숨소리
가뭇가뭇 멀어지는 꿈길에서
지키지 못한 나의 약속들이 가물거리는 등불로 서 있다.
우리의 약속들 속에는 그것을 지킬 수 없는 두려움이
숨어 있다.
확실한 것에 무슨 약속이 필요할 것인지
엄마가 아기에게 영원히 사랑하겠다고
다시 꽃을 피우겠다고 봄이 약속할 필요 없듯이
차라리 나도
임계점을 감지하는 센서 하나를 심장 안에 넣어 두고
싶다.
이 차가운 밤에 물결에 바람결에 떠나간
손 시린 약속들이 돌아온다.

다시 바닷가에서

오가던 물결이 한 품으로 합치며
다시 출렁이는 것을 보다가
현악기 줄에 잠금장치를 내리듯
수평선에 눈 얹으면
어느 아득한 시간 넘어 발 젖어 물가를 걸었던
그 파도 소리, 그 물새 소리
어젯밤 불면의 어지러운 질문들이
한 가지 답으로 온다.
수시로 도착하는 불신不信에
매몰찬 나의 응답도
그저 그리움일 뿐이다.

물빛 더욱 짙어져서
밀리고 치닫던 파도가
저녁 물새 몇 마리 날려 올린다.
새들이 날아가며 박음질하는 바다와 하늘
오늘 해 한 덩이 받아내고 다시 달 떠올리면
너에게 들리겠는지.
목 깊게 우는 물새 소리

너를 오래 기다리는 밤바다
그 파도 소리 들리겠는지.

풀치다

명주잠자리 풀 먹인 날개 안에
반짝이는 형광 빛 푸른 별들이 담겨 있다.
하늘거리는 풀잎에서 미끄러지기라도 하면
그 별들은 날개에서 사르르 풀려나와
다시 하늘로 오르려나.
물소리에 젖어 있는 잠자리 심상치 않다.
저 고요한 더듬이가 더듬는 곳은 어디인지.

지난날 바닷가나 산기슭 어디라도
모래땅에 절구통 집을 파 놓고
눈먼 먹이가 빠지기를 무작정 기다리던 긴 날들
넓은 세상 샅샅이 누비며 사냥 한번 못하고
뒷걸음으로 빙빙 돌며 자신의 함정에 자신을 가두던
이름도 별스런 개미귀신 개미지옥.

뒤돌아보지 마라.
물 위로 날개를 활짝 편다.
한낮에도 반짝이며 별무리 끌고 가는
별박이명주잠자리.

* 풀치다 : 맺혔던 생각을 돌리어 너그럽게 용서하다.

명왕성아

구구단을 외우듯 따라나오는 너의 이름
수. 금. 지. 화. 목. 토. 천. 해. 명.
우주의 끝, 바람 부는 조그만 지구에서는
너를 태양계에서 떼어 낸다는구나
네가 너무 작다고 네가 지배적이지 못하다고.
후드득 구슬 목걸이가 끊어진다.
네가 뜸베질이라도 할 수 있으면 좋으련만
맨드리 얼음 옷을 입고 망망한 우주를
차갑게 떠가는 명왕성아
막냇동생 이름 같은 너를
이제는 134340로 바꾸어 부른단다.
하지만 작아서 더 보듬고 싶은 것 있지
멀리 보내면 더 가까이 머무는 것 있지
너는 반짝이는 아직도 우리들의 목걸이
밤하늘을 더듬는 이들의 살품 속에서
이제 함께 살자.

* 뜸베질 : 소가 뿔로 물건을 닥치는 대로 받아내는 짓.

겨울나무

겨울 숲에 들어서
여기저기 나무를 바라보며 걷다 보면
그 모습 다 하나같이 보여
어떤 나무인지 알 수가 없다.
잎이 보이지 않아서
꽃이 보이지 않아서
이름 불러줄 수 없는 것들
어디 꽃과 나무뿐이겠는지.

나뭇가지들 바람벽에 윙윙 부딪친다.
자기에게 든 저 매서운 회초리
언제 거두려나.
눈 맑은 이월의 하늘이 몇 가락 구름을 풀어내어
너그럽게 그들을 품어준다.
이제 꼿꼿한 우듬지로 상상의 날개를 피워 올리며
보이지 않는 땅속 뿌리 발들은 절은 울음을 버리고
대지의 끝없는 변주곡을 더듬어 옮겨 담겠지.
형용사도 수식어도 떼어내며
가지마다 주어가 되고 동사가 되는 당찬 나무

누가 이름 불러주지 않아도
좋은 시인
겨울 숲에서 만났다.

3부

그렇더라도 할 수 없어

자면서 거미를 삼킨다?
사람들은 일 년에 예닐곱 마리의 거미를 삼킨단다.
딸아이가 생물 선생에게 확실하게 들었단다.

마루방으로 숨어든 도마뱀은 뒷마당에 풀어주고
파리까지도 창밖으로 날려 보내지만.
거미, 너를 용납할 수 있겠는가
내가 인식하지 못하는 나의 어둠에
네가 유혹당했다는 것.
하필이면 나의 사각지대가
너의 무모한 목표점이 된다는 것.
안전 로프 하나 믿고 네가 내리려는 나의 입속
아서라. 그곳은 영원한 추락의 어두운 벼랑이다.
네가 환한 태양 아래 너의 거미줄에
생존의 간절함으로 매어 달렸더라면
직물의 여신 아테나의 저주에도 아랑곳하지 않고
나는 분명 너의 편이었을 것이다.

네가 아라크네의 목소리로

이미 죗값을 치렀다고 항변해도
그렇더라도 할 수 없다.

현장은 왕복여행권을 가졌다

길게 다리 뻗은 능선
저 아래는 실눈 뜬 바다
바위 위에 앉아 숨을 고르는데
소라와 조개껍질이 바위 등에 총총히 박혀 있다.
화석이 된 송곳니 같은 조그만 몸채가
몇 만 년 전 바다를 악물고 있다.

산의 높이가 바다의 깊이로 떨어지는 이곳
눈 감으면 파도 소리인 듯 바람 소리인 듯
만 년 전 소금기 먹은 바람이
바위산을 휘휘 서늘하게 핥고 있는
산인지 바다인지 알 수 없는 여기에서
문득 걸어가는 시간의 발을 잠시 목격했다.

그 발걸음 소리 듣지 못할지라도
언젠가 누군가는
싱싱한 해초 사이로 물고기 떼의 운무를 보겠지.
지금 개미 한 마리 자기보다 세 배로 큰 먹이를 물고
바위틈을 오르고 있는 여기에서.

행간 읽기

어제 밤비로 물 흥건한 논에
개구리 노랫소리 넘친다.
청개구리, 참개구리, 무당개구리, 금개구리
국적 불명 황소개구리까지 합세했다.
울음주머니 부풀릴 때로 부풀린
맹꽁이들의 합창도
이제 침묵의 봄은 멀리 갔다.
일곱 마지기 자기 논 둘러보던
장가 못 간 윗마을 총각이
보름달 뜨기를 기다린다.
건넛마을 처자를 기다린다.

인기척에 놀란 무당개구리가
후딱 배를 뒤집으려 할 때
개구리들 노랫소리 다시 커질 때
…… …… ……

"개구리도 짝이 있는디"
총각이 입을 열었다.
…… …… ……

“알겠시유”
처자가 대답했다.
개구리들 합창이 달님을 두둥실 떠올리는 봄밤.

* 레이첼 카슨의 『침묵의 봄』 : 환경오염을 자행하는 인간에게 경종을 울린
  책.
* 무당개구리 : 적을 만나면 등을 뒤집어 독이 있음을 경고한다.

파리는 파리가 되고 싶었겠어요?

앞발을 삭삭 빌어대는 파리
그저 불쌍하게만 보여라 그러면 살길이 있다.
저것도 내 약점을 훤히 꿰뚫고 있다.
핥고 빨기 좋은 주둥이, 정수리에 홑눈
머리에는 여러 개의 겹눈까지 붙이고
어찌 보면 예쁘기까지 한 투명한 날개로
앞에서 뒤로 옆에서 위로
나 같은 것쯤은 보란 듯이 따돌릴 수 있다.

그렇더라도
파리채를 높이 들 때
잠깐, 딸아이가 하는 말
파리는 파리가 되고 싶었겠어요?
파리는 자기가 파리인 것을 알기나 하겠어요?

힘 빠진 손으로
어렵게 빈 병으로 잡아 밖에다 풀어놓으니
하, 파리도 솟구치며 날아간다.

(그래서 파리를 fly라고 부르는 것 아니겠느냐고)

산정호수

바람 사이로
물결 소리

흘러가는 길이
당신께로 고여서

물결 사이로
바람 소리

멈춘 길이
당신께로 흘러서

침대가 계십니다

침대 다리가 나를 걷어찼습니다.
정강이에 새파란 멍 자국이 생겼습니다.
한밤중에 물 마시고도 얼쩡거리는 것을 보다 못해
밤낮도 못 가리는 내가 못마땅했던 게지요.
정말로 캄캄하기 망정이지
침대가 나를 걷어차는 것을
생눈으로 보았다면
서로 민망해서 어쩔 뻔했을까요.

어찌 원효대사의 해골바가지를
꿈이나 꾸겠습니까마는
침대가 한 말씀 깨우쳐 주었습니다.
잘 때 확실히 자고 일어날 때 확실히 일어나서
옹근 날을 살아내라고
미물들도 다 아는 그 이치를
사람인 내가 못 미치니
어찌 한심하지 않았을까요.
네 발 달린 것이 두 발보다
속 깊을 때가 있다는 것 인정해야지요.

네 발로 고스란히
침실 가운데 침대가 놓여 있습니다.
아니, 침대가 계십니다.
크기로 보나 생각으로 보나 존칭이 마땅한 것이지요.

오른쪽 귀가 즐겁다

오밤중 이 시간에
내 얘기 할 사람 이곳엔 없겠지만
훌쩍 태평양을 건너기만 하면
내 친구들은 아담한 카페에 앉아서
이 이야기 저 이야기 나누다가
분명히 나를 생각할 것인데
내 시가 점점 그럴싸하다고 칭찬할 것인데.

내 귀를 들여다보며 그 의사는
샤워하고 귀를 잘 말리세요.
그렇더라도
곰팡이도 따뜻하고 촉촉한 곳에 앉아서
칭찬의 말들을 듣고 싶은 게야
내 귓속을 다정한 사랑방으로 만들고 싶은 게야.

말이 되든 안 되든
나는 철석같이 믿으니
오른쪽 귀가 가려워서
이 밤이 나는 즐겁다.

긴 꼬리 바람 부는 밤

긴 꼬리 바람 불어
별 가루 날아온다

차임벨을 매달고
밤의 긴 바탕 면을 지나간다
덧칠 벗겨 낸 별 노래들

지상의 창문 하나
별빛으로 쉼표를 찍고 있다

어머니의 나비 손

시퍼런 물이 가로 놓여 있었어 –
꼭 건너가야 하는데 뛰어넘을 수도 없고
돌아가는 길도 보이지 않는데.
죽을힘을 다하여 펄쩍 뛰어보는 수밖에
물가에 닿은 발이 뒤로 넘어가려는, 그 찰나
내 허리를 받쳐서 물가로 올려놓는 손
꿈속에서도 놀라워 뒤돌아보니
두 손으로 나비 날개를 만들어
내 허리를 받친 엄마 손.

다음 생엔 무엇으로 태어나고 싶으세요. 물어보면
깊은 산 속 나무로 살겠다고 하시던
다시 태어나도 너희들의 엄마가 되고 싶다고
말씀 안 하시던 야속한 당신이
그러시더니
깊은 산 속 나무도 안 되시고
내 허리에 나비 손을 만드시는 어머니.

석불

바람의 손은 이 벌판에서
어떤 연장을 들고 오래 머물렀었는지
마른풀 속에 덩그러니 누운 석불石佛

시인은 부처가 다시 돌로 돌아간다고 노래하지만
나는 그 말을 믿지 않는다.
세월이 부처의 코를 깎아내고
귀가 떨어져 헤실바실 얼굴이 지워져도
벌판에 둥글며 그 몸에 시설枾雪을 피운다 해도
부처는 다시 돌이 될 수 없다.

그는 무슨 인연 만들다가 부처가 되어
인고의 바다에 설망추가 되었을까.
그 독하고 서러운 사람의 물이
돌 뼛속까지 스며들게 하였을까.

이제 눈도 귀도 필요 없다 바람에 내어주고
머리도 가슴으로 내려가려는지
둥글게 둥그러지는 벌판에 석불.

단잠의 언저리

넘실넘실 바다 앞에 한 남자
이동식 의자 밖으로 흘러내린 손
그가 잠깐 놓아버린 신문이
조금씩 젖어가는 바닷가
바람도 슬쩍 훑어보다 간다.
갈대꽃 은색 머리 바람에 날리며
독거머리 씨앗 같은 일상을 잠시 떼어 두고
그가 가는 싶은 곳은 어디일까.
어렸을 적 신문지로 접은 종이배 타고
넘칠 듯 출렁이는 물결 따라가면
엇박자로 뛰던 그의 뒷길에
하늬바람 불어 꽃잎 날아올 것인지.

파도가 둥개둥개 순하게 그를 업었다.
귀항을 알리는 뱃고동 소리 아직 멀어
달고 깊은 그의 잠
물새도 깨우지 않는다.

갯벌의 목선

물 빠진 갯벌에 배 한 척 누워 있다.
40도로 기운 몸체에 비스듬히 돛대 올리고 있다.
자세히 보면 깃발이 조금씩 흔들린다.
흔든다, 아직은 견디고 있다고
깃발이 조그맣게 신호를 보낸다.
맞바람을 받으며
갈지자 방향으로 흔들던 뱃머리
한 겹 두 겹 물결 차올라도
까무러치듯 잠이 들어 있지만
한쪽 귀는 바다를 향해서 열어 놓고 있었나 보다.

뱃고동 울리던 사람
잠결에도 허리를 편다.
용골(keel)을 바로 잡는다.
(어떤 선장도 배를 지키기 위해
자신의 배를 항구에 잡아 놓지 않는다지)
그가 다시 바다로 나가려나 보다.
그의 항해를 기다려볼 뿐
어떤 배도 나란히 항해할 수는 없다.

바다는 그것을 허락하지 않는다.
그렇더라도 누가 띄웠는지 띠배 하나 떠간다.
갯벌의 목선이 바다를 가르는 날.

* 띠배 : 짚이나 갈대로 엮어서 만든 액운을 막는다는 배.

돌이 웃다

오후 5시를 넘으며 개미 줄로 늘어선 자동차들
하루 혹은 여러 날의 권태와 피곤이 굳어서
운전석엔 갖가지 돌들이 앉아 있다.
잘못 건드리면 한방 날아들 것 같다.
억지로 한 줄에 꿰여서
같은 시간을 한 방향으로 가고는 있지만
누가 우리를 우리라고 부르겠는지.

고무줄도 늘어날 대로 늘어나면 끊어질 때 있겠지
입 꾹 다문 인내가 몇 층 집 올리다 허물어버리려는데
옆선 차에서 웃음이 날아온다.
저런! 돌을 깨고 꽃 한 송이 피었다.
매연의 거리에 피는 돌꽃
시원한 소나기를 만난 듯
우리는 힘차게 액셀러레이터을 밟을 것이다.
웃는 돌이 우리라고 말한다.

계수나무 한 나무 토끼 한 마리

10억 년 비밀을 벗기고 찬드라얀 1호가
물을 발견했다고 흥분들 하지만
푸른 별에 사는 우리 옛 고향 사람들은 벌써 알고 있었지.
계수나무가 물 없이 어떻게 살아 있겠어?
깊은 밤 망망대해에 홀로 떠가는 달을 보며
눈에 물이 고이는 이유를 아는 사람은 알고 있지.
물은 물에 이끌리고 슬픔은 슬픔에 끌려온다는 것
많이 울어서 눈 발개진 토끼 한 마리
그래도 오늘 떡방아 찧는 하얀 토끼
계수나무 한 나무 토끼 한 마리
하얀 토끼 한반도에 사는 우리 고향 사람들은
그렇게 믿고 살았지.

고청 빛 밤하늘에 먼 듯 가까운 듯, 저 달
시계 초침이 밤 12시 문턱을 움찔 넘어갈 때
뱃멀미 심한 식구들은 재워 놓고 혼자 떠나야겠다.
내 사랑 달에게 가려면 로켓은 말이 안 되지
출렁출렁 물을 갈라야 마땅하지.

* 찬드라얀 1호 : 인도 최초 달 탐사 위성.

4부

꿈인 듯 꿈 밖에서

소식은 전하지 못했습니다.
멀리서 굽이쳐 흐르는 강물을 바라보듯
그저 가끔 당신을 생각했는데
어젯밤 꿈에 당신을 만났습니다.
어렸을 적 다정한 친구처럼
어깨에 손을 얹고 나눈 이야기는
지금도 따뜻한 물결로
꿈인 듯 꿈 밖에서 출렁입니다.
그 소리 당신에게도 스며들었으면.
너무 크게는 말고, 잔잔하게
당신이 일상의 가장자리에서
왠지 발걸음이 무거워질 때
또는 하루 일이 끝나는 어스름 시간에
먼 산 서늘한 능선을 따라 자주 눈길이 멎을 때
누군가 어디에서
당신을 생각하고 있는 것 같다고
그래서 가만히 흐르던 물살이
작은 여울을 만나 새로워지듯
당신도 그리되었으면 합니다.

별똥별이 느낌표(!)로 떨어지다

풀밭에 무르익은 과일이 툭 떨어지듯
그렇게 잠에서 눈뜬 아침
반쯤 눈 감은 채 자연이 부르는 소리 따라가면
귀를 밝게 깨우며 흐르는 물소리
오늘은 문득 그 소리 들판으로 함께 가고 싶어
크고 작은 도시의 마을을 떼어내며
그곳의 묵은 먼지들도 날려 보내며
네다섯 시간 차로 달려
데스밸리 지나며 언덕 어디쯤
시에라 산맥 바라보는 등선 어디쯤
산도 언덕도 멀지 않게 초원에 닿을 때
저녁 어스름 빛이라도 남았으면 좋겠지만
먼 듯 가까운 듯 늑대 우는 소리 들리면
믿을 만한 한 사람 다섯 걸음 앞에
뒤돌아 세울 수 없더라도
숨 한 번 깊게 쉬고, 별 총총 하늘 올려보며
태초의 흙사람 다시 되어 시냇물로 흐르면
사방에서 가만가만 소리치겠지
반갑다고 고맙다고, 어서 오라고
별똥별도 느낌표(!)로 떨어지겠지

마중물

그대에게 드리고 싶은 것
예쁜 한 묶음 꽃도 아니고
새달 지근한 한 소절의 음악도 아닙니다.

새벽 별 졸린 눈 아직 깜박일 때
발 적시며 차가운 숲을 지나
막 떠오르는 햇살에 새롭게 빛나는 이슬로
정갈한 물 한 그릇 담아 오렵니다.
그래서 당신의 버거운 펌프질에
마중물 한 사발로 부어 드리고 싶습니다.

온통 아픈 세상에 살면서
혼자만 아프지 않겠다면
참으로 죄짓는 일 같아서
그러하니 친구들이여
조금은 아프십시오
조금만 아프십시오
그리고 내일은
그대의 안부를 묻는 대신

지구별을 돌고도 남는다는 그대의 물길에
힘찬 소리를 들려주십시오.

이 사월에

조심스럽게 침실을 들여다보던 덩굴장미 몇 송이가
허락도 받지 않고 제 친구들을 한 트럭 풀어 호호 하하
향나무 아래 조용히 숨어 살던 은방울꽃들도 고양이
걸음으로
햇살 여문 돌계단으로 기어나와 은방울 금방울 마구
흔든다.
뒷마당에 가늘가늘 연가지 얌전하게 공중에 띄우던 산
수유는
수백 개의 꽃등을 다달이 매달아 벌 나비 단체손님 맞
기에 정신없다.
저기 향나무 밑 붓꽃들은 나비 날개로 연신 공중을 뛰
어 날아오르고
붉은 만병초는 그동안 무슨 기쁜 소식 감추고 있었던
지 더는 못 참겠다며
두 손 크기로 입을 벌려 팡팡 대포 웃음을 쏘아 올리고
있다.
담 밖 소나무는 어떻게 그 많은 주먹을 참고 있었는지
불뚝 주먹을 펴서 수류탄 송홧가루를 마구마구 날려
보낸다.
아무래도 나는 이 사월을 도망가야 할 것 같다.

바람 좋은 날의 여담

아시다시피, 일상에서 풀려나는 것들은
몸과 마음을 부풀리려 한다.
시월의 꼬리가 장마에 들기 전
햇살도 바람도 좋은 날 뒷마당으로 나왔다.
침대 머리맡에서 누르면 누르는 대로 눌렸다가
슬며시 일어서곤 하는 나는 꼭 길들여진 애완견이다.
그래서 집 떠난 잠자리에서는 제일 그리운 존재란다.
어떤 것의 부재不在를 새삼스럽게 하는 것이어서.
대상의 체취를 자신의 것으로 아는 나
그대의 뒷머리를 데드마스크처럼 마음에 새겨두고
그대는 생각날 듯 말 듯한 어젯밤 그대의 꿈도
나는 베거리 하지 않아도 훤히 알고 있다면
그래서 그대와 함께
가벼워지고 무거워지는 몸이라면.
바람 좋은 오늘
베갯모도 없고 베갯잇도 덤덤한 나는
말린 국화 대신 쨍쨍한 햇살 한 옴큼을
사그락거리는 메밀 대신 싱그러운 바람 한 됫박을
포근한 솜 켜 대신 하얗게 부푼 구름 조각을

깊어가는 시월의 새소리를 섞어
가볍게 부풀려 그대를 채워주고 싶다.

* 베거리 : 꾀를 써서 남의 속마음을 떠보는 것.

돌배꽃나무 위에 낮달

삼월의 돌배나무 꽃 둥지에
아기 웃음 물고 잠든 낮달

나뭇가지에 살짝 걸린 참에
눌러 잠들어버렸네.

낮잠이 저리 깊어
꿈길이 온통 꽃길이 되었으니

오늘 밤 은하수는
배꽃 향기로 흐르겠네.

마음 따라 눈 따라

산길을 오르며 보니
시퍼런 이끼가
늙은 나무를 힘들게
덮쳐 누르고 있다.

산길을 내리며 보니
새파란 이끼가
등 시린 늙은 나무를
포근한 이불로 덮어주고 있다.

먼 오늘에게

오늘 하루야, 어서 와요
너를 맞으려 새 옷을 꺼내 입지는 않았지만
시원한 첫물로 손 먼저 씻고 머리도 빗었다.
뒤뜰에 나오니 어젯밤 잠귀로 듣던 소나기가
잡힐 듯 무지개를 걸어 놓았구나.
이제 우리도 능청스러운 나이가 되어서
무지개마다 굳은 약속이 아니란 것은 알지만
제 몫의 밥그릇에서 크게 한술 떠내듯이
희망을 덜어내는 법도 알지만
그래도 다시 마음 설렌다.
오늘은 촉촉한 흙을 다듬어 꽃씨를 뿌려야겠다.
어제는 고향 땅에서 옛 고려의 연꽃 씨가
칠백 년 만에 약속, 아린 꽃을 피웠다고 하니
모래바람 모래밭에라도
꽃씨 떨어져 그 꽃 피운다니
그러하니 오늘 하루야, 다시 돌아올 먼 오늘아
우리 없는 가득 찬 그 자리 그때
우리가 뿌린 꽃씨들
눈 시리게 보아다오.

내 말 주머니에는 미안이 가득하다

수도관에서 풋잠 자던 수돗물들이
갑자기 끌려 나왔겠다.
새벽 세시에 입 헹구고 손 씻는 나의 버릇으로
캄캄한 하수구로 다시 쏟아져 내려가겠지.
그 애들도 수도꼭지 가까이 올라와서
마음 도근거리며 새 아침을 기다렸겠지.
뒷마당 꽃밭에 솔솔 뿌려져
수선화 패랭이꽃으로 피어나고 싶었을 것이야.
찰랑찰랑 앞마당 새(bird) 물통에 담겨 있다가
참새 멧비둘기로 하늘을 날고 싶었을 것이야.
미안하다. 잠도 깨기 전에 쫓겨서
다시 어두운 통로를 뛰어내리는 수돗물아
그냥 잠깐 눈 꼭 감고
그래도 노래 한 곡조는 입에 물고
빨리 흘러내려라.
다음 길에는 꽃도 되고 새가 되도록
내 두 손을 합친다.

빅뱅은 그리움이다

태초의 마음이
그리움으로 회오리쳤다.
빅뱅의 조각들이
우주를 채웠단다.
먼지로 떠돌던 그리움 조각 위에서
모든 생명이 돋았단다.
그래서 물고기를 잡아 구워먹듯
사람 맛을 아는 어떤 오랑뾰혼 나무 인간도
그리움이란 말을 한단다.
그리움은 존재의 시작
빅뱅을 불러왔다.

* 오랑뾰혼 : 인도네시아 원림에서 높은 나무 위에 집을 짓고 살던 씨족.

체첸잇사 피라미드

칠월의 유카탄 반도는 정수리에 불을 놓는다.
태양을 섬기던 마야인들의 열기가 아직도 뜨거워
태양은 이렇게 펄펄 살아 뛰는 걸까
체첸잇사는 잇사족의 말로 우물의 입구라는데
둘러보아도 물은 흔적도 없어 뜨거워진 물병만 자꾸
기울었다.

태양신을 위한 제단 피라미드
네 면의 91개의 계단과 꼭대기의 신전을 합쳐
365 숫자로 태양력이 되었고
동쪽 계단 아래 뱀 머리 조각 그림자가 춘분과 추분을
알리면
옥수수 씨를 뿌리고 또 추수를 했다는 마야인들
손끝으로 천문과 수학을 만졌던 그들
살아있는 사람의 심장으로 제를 올렸다니
그들의 심장과 머리는 멀리 떨어져 있는 것이었을까
아니면 너무 가까이 있었던 것일까
계단 아래에서 자꾸 발걸음이 붙잡혔다.

피라미드 앞에서 몇 사람들이 손뼉을 쳤다.
아. 새소리로 돌아오는 메아리
깊고 어두운 역사의 서랍이 잠깐 열렸다.
제물의 마지막 눈으로 보았을 그 하늘 위로
이제야 그들은 새가 되어 날아가는 것일까
손뼉을 칠 때마다 제단에서 풀려나는 먼 영혼들
나는 또다시 손을 부딪쳤다.

인스프레숀 포인트Inspirations Point에서

처음 이곳에 오른 사람은 정상의 꼭짓점을 생각하며 야호, 크게 소리 한번 지르려 할지 모르지만 백팩을 메고 땀 흠뻑 젖은 이나 자전거 페달로 숨 닿게 올라온 이나 혹은 언덕길을 굽이굽이 차를 타고 왔더라도 멈추어서 솔바람 깊이 들이쉬고 휘돌아보는 곳. 저기 금문교가 반짝반짝 금가루 묻은 엽서를 날려 보내면 구름치마 휘둘러 감은 그 다리를 건너서 훌쩍 다른 세상으로 넘어가고도 싶지만. 자글자글 사람 사는 아래 동네에 잠시 눈 주다가 조금씩 시계 방향으로 몸을 돌려보면 어느새 보리밭 황금색으로 몸색을 바꾼 야산들. 어떤 사람은 한낮에 달빛이 내린 산이라고 시인이 되어 말했고 월낫크릭에 하종순 화백은 누운 여체의 보드라운 곡선이라고 하던데, 깎아지른 설산을 좋아하는 나는 산이라 하기엔 낮고 언덕이라 하기엔 높은 이곳을 무심히 흝다가 저기, 둔덕 사이사이로 물길을 새알처럼 품으며 흘러내리는 걸음을 만났다 고여 있는 듯 흐르는, 흐르는 듯 고여 있는 둔덕을 따라 내려오다 보면 조용히 출렁이며 내일을 다시 포용해도 될 것 같은 아슴푸레한 예감을 안겨준다.

멧비둘기와 함께 쓰는 일기

1

눈을 맞춘다는 것은 진정 눈을 감아주기 위한 전초 작업이 아닐까 한 열흘 전부터 멧비둘기가 이 층 내 책상 앞 창문 아래에 둥지를 틀고 있다 나뭇잎으로 엉성하게 둥지를 틀고 앉아서 7월의 마지막 더위를 온새미로 견디고 있다 여름 한 철 창문을 열고 지내는 나와 비둘기는 수시로 눈을 마주칠 수밖에 없었지만 그 작은 검은 동굴 눈동자를 마주하다가 얼른 먼저 피하곤 했다 엄숙한 과제를 치르고 있는 그를 구경거리로 삼을 수는 없었다 대낮에도 블라인드 커튼을 내려고 책상 위에 전등을 컸다

2

며칠 후에 커튼을 조금 올리고 조심스럽게 내다보니 마침 어미와 아비가 교대하는 시간이다 "수고했다"고 "반갑다"고 서로 부리를 비벼댄다 저녁과 밤을 지낸 어미 새는 둥지를 떠나고 아비 새는 털보숭이 새끼를 다시 품는 일상이다 그런데 어찌 된 일인가 두 마리이던 새끼가 한 마리뿐이다 지난밤 내가 눈꺼풀을 덮고 한가롭게 잠의 오솔길을 거닐고 있을 때 어미 새는 비상벨을 울렸

을 것이다 온 힘으로 울었을 것이다 창문 하나를 닫는
것이 나를 두꺼운 불통의 벽으로 만들었다 나는 온종일
서성이고 새들은 담담하다 이 조그만 어미 새는 어제 하
늘에 떠 있던 반달을 보며 보이지 않는 것의 반쪽이라고
미루어 알았을까

　　3
　초저녁 어미 새와 아비 새가 지붕 위에 앉아서 뒷마당
을 내려다보고 있다 그 눈길을 따라가 보니 새끼가 떨어
진 낟알을 쪼고 있다 어미 입에서 부드러운 액을 받아먹
던 그 입으로 흙이 묻은 거친 먹이를 삼키고 있다 여린
목 안에 상처는 나지 않았을까 그래도 날아오를 때는 포
르릉, 날개에서 예쁜 소리가 났다 그렇게 자꾸 오르며
내리며 깊은 하늘과 넓은 땅을 배우겠지 같이 하던 엄마
아빠 없이도 홀로 움이 호두 속처럼 여물어가겠지 어느
날 문득 너의 성대를 떨며 나오는 oo-wooh-oo -oo소
리, 들을 수 있겠지

고운 때의 풀이

고운 때가 무엇이냐고 물어오는 딸아이
보기에 그다지 흉하지 않을 정도로
옷이나 물건에 조금 묻은 때
(A lit of inoffensive dirt on one's clothes and
thing.)
아, 지금 당장 세탁소에 갈 필요가 없구나.
(oh, you don't have to go dry cleaning shop right
now)

이렇게 말해보면 어떨까
할머님 백단지 위 가는 실금 안에 옛 먼지
아기 배냇저고리에 보일 듯 말 듯 그려진 얼룩
언니의 하얀 모자 깃에 미미한 손자국
옛 편지에 물방울인 듯 마른 자국
아련한 슬픔과 따뜻함이 손을 잡은 자리
고운 때는 사랑하는 이의 발자국 위로
살짝 나린 녹지 않는 보슬 눈
사진으로는 옮겨지지 않아도
고운 때(dirt)는 고운 때(time)로 머물러서

작은 숨소리가 들리는 곳
때라는 명사가 고운이라는 형용사를 조용히 입는 장소.

특별한 선물

　특별한 선물을 받았다 그와 나는 삼 년 전부터 이웃으로 지내고 있다 귀골로 생긴 외모와 신중해 보이는 몸놀림은 괜찮은 이웃으로 지내기에 무리 없다고 생각했었다 그러던 그가 밤이면 담 가까이로 접근해서 야수의 눈으로 나를 절실하게 바라본다 그 눈빛을 조그만 손짓으로 나의 무릎 안에 착하게 길들일 수도 있을 것이다 하지만 일정 거리를 지키는 것이 대상과 나를 아름답게 한다고 평소에 생각하는 나로서는 그의 마음을 못 본 체하기로 했다 그렇게 또 일 년, 오늘 아침 다시 시작한 그의 선물 공세에 울 수도 웃을 수도 없었다 그를 에워싸고 있는 어떤 것에도 절대로 길들지 않는, 길들일 수 없는 그의 본성을 나에게 검증받고 자랑하고 싶었나 보다 하늘을 나는 것인지 땅을 기는 것인지 모를 어떤 몸통의 싱싱한 머리통과 내장을 나의 집 현관문 앞에 가지런히 놓고 갔다 그가 나에게 바치는 최상의 선물일 것이다 나도 한 번쯤은 그가 진정 기뻐할 수 있는 고양이 문법으로 감사를 표시해야 할 텐데…

회귀와 기억을 통한 근원 탐구의 시학

유 성 호(문학평론가 · 한양대 교수)

1. 현실과 꿈의 접점에서 피워올리는 시

유봉희 신작시집 『잠깐 시간의 발을 보았다』(황금알, 2012)는, 깊이 있는 감각과 사유를 통해 시인 자신의 삶과 언어를 개진해 보여준 심미적 결실이다. 시인으로서는 2002년 『문학과 창작』 신인상 수상 이후 10년 만에, 그리고 『소금화석』(2003)과 『몇 만 년의 걸음』(2006) 이후 6년 만에 펴내는 세 번째 시집이다. 그동안 유봉희 시인은 주목할 만한 감각과 사유로, 그리고 모어(mother tongue)에 대한 한없는 사랑과 천착으로, 자신만의 시적 진경進境을 꾸준히 개척해왔다. 40년 이국 생활 동안 무뎌질 수도 있는 모국어에 대한 감각을 그녀는 여전히 깔끔하고 단정하고 아름답게 견지하고 있는데, 바로 그 언어 감각을 통해 개개 시편마다 매우 균질적인 시적 성취를 보여주고 있다. 이번 시집 「시인의 말」에서도 그녀는 "작은 것들과 눈 맞추며/ 오래 무릎을 접고/ 앉아"서 "그

94

들이 들려준 낮은 소리가/ 어떤 마음"에 가 닿기를 소망한다고, 그리고 "먼 능선의 서늘한 눈빛"과 "예사롭지 않던 저녁 바람결에/들려오던 그 소리"를 따라 자신만의 길을 다시 떠나노라고 말하고 있다. 그 마음과 눈빛과 소리가 그녀 시편의 심원한 내질內質을 이루고 있는 것이다.

우리가 잘 알듯이, 모든 서정시는 우리가 살아가는 현실과 우리가 꾸는 꿈 사이에서 착상되고 씌어진다. 따라서 현실이나 꿈 어느 한 쪽으로 치우칠 때, 그것은 인간의 복합적 감각과 사유를 불구적으로 반영한 것일 수밖에 없게 된다. 그래서 우수한 서정시는 우리의 현실을 순간적으로 드러내면서도, 그것을 치유할 수 있는 꿈의 세계를 상상적으로 마련하여, 현실과 꿈의 접점을 풍요롭게 언표하게 마련이다. 우리는 그 꿈이야말로 우리 삶 곳곳에 배인 폐허의 기운을 치유하고 새로운 상상력을 추구하게 하는 필연적 형질이 되어준다고 믿는 것이다. 이번 유봉희 시집의 성취는 이러한 현실과 꿈의 접점을 통해, 그리고 그것을 우주적으로 확산해가는 활달한 상상력을 통해, 그리고 무엇보다도 자신을 가능케 한 어떤 근원을 탐구하는 고전적 태도를 통해 줄곧 나타나고 있다. 그 세계를 한번 깊이 들여다보자.

2. 자기 회귀와 은유 원리

　유봉희 시인이 착목하는 시적 대상에는 우리가 일상에
서 마주치는 익숙한 자연 사물들이 많다. 이러한 자연
사물과의 오랜 접속과 소통을 통해 그녀는, 현실에서는
불가능한 존재 전환을 적극 도모한다. 그리고 일상적이
고 물리적인 현실을 벗어나 전혀 다른 곳으로 이동하려
는 꿈을 꾼다. 이때 이루어지는 시적 경험은, 자연 사물
로 시선을 한껏 옮겼다가 다시 궁극적 자기 발견으로 회
귀하는 과정을 통해 한결같이 이루어진다. 시인은 이러
한 사물 발견과 자기 회귀 그리고 궁극적 자기 발견을
차례대로 치러내고 있는 것이다. 다음 시편을 읽어보자.

　　　억수로 비 쏟던 엊그제
　　　어느 누가 어떤 마음으로
　　　이 언덕 모퉁이를 걸어갔을까요.
　　　물 고인 발자국 안에 내려앉은 하늘
　　　작은 웅덩이에 동그만 하늘
　　　구름도 산드르 떠 있습니다.
　　　세상에서 제일 작은 호숫가에서
　　　그만 가던 길을 놓아 버렸습니다.

　　　나도 일상을 성큼성큼 걸어가다가
　　　호수 하나 만들고 싶습니다.
　　　붙일 곳 없는 어떤 쓸쓸한 마음에게

혹은 적적한 당신에게
작은 발자국 호수로 놓여
지질린 낮에 잠깐 옹크리고 앉으면
어쩌다가는 물방개 한 마리 건너오고
바람 부는 밤, 별 소나기 쏟아질 때는
아기별들 소근소근 놀다가
별바래기 하나 가만히 놓고 가는 호수.
—「발자국 호수」 전문

　시인의 시선은 폭우가 쏟아지던 날 누군가 언덕 모퉁이를 걸어가고 난 후 남겨진 발자국에 머문다. 그 사람의 마음이 머물러 있을 빗물 고인 발자국은 시인에게 하늘이 내려앉은 작은 호수로 다가온다. 빗물 고인 작은 웅덩이에 동그만 하늘과 구름이 떠 있었기 때문이다. 그 "세상에서 제일 작은" 호수 앞에서 가던 길을 놓아버린 시인은 자신도 호수 하나를 만들고 싶어한다. 일상을 살다가 문득 마주치게 될, 쓸쓸하고도 적적한 마음들이 머물게 될 작은 '발자국 호수' 말이다. 그 '발자국 호수' 안에는, 마치 윤동주 시인의 「자화상自畵像」에서 우물 안에 달이 밝고 구름이 흐르고 하늘이 펼치고 파아란 바람이 불고 가을이 있듯이, 물방개가 건너오고 바람이 불고 별이 쏟아지고 아기별들이 놀다 별바래기 하나 놓고 가는 풍경들이 하나하나 상상적으로 이어진다. 무심하게 지나칠 법한 작은 발자국 속에 비친 하늘과 구름을 발견한

97

시인은 이렇게 우주적으로 화창和唱하는 상상의 파문을
그려나가고, '발자국 호수'에 일렁이는 심미적 파문은 유
봉희 시 전편의 문양을 예표적으로 보여주고 있다. 다음
시편도 '비'와 관련되어 있다.

밤바다에 비, 비 내린다.
천길 빙하 바다, 여객선 갑판 위로
밤비 날아든다.
차갑고 따갑게 얼굴에 맺히는 빗방울들
조그만 연체동물로 손등을 기어가는 빗방울들
먼 들판을 달려서 첩첩 산길을 넘어왔을 그들은
내가 기억하지 못하는 어떤 먼 인연들인가
이제는 머뭇거리며 악수를 청해야 하는 인연들인가.

다시 밤바다로 끝없이 뛰어내리는 빗방울들
눈 밖으로 멀어지는 것은 그냥 사라지는 것인지
머리를 들어 뱃머리를 보니
흘러내리는 불빛 줄기 속에서
밤비가 반짝반짝 은빛 날개를 편다.
날개를 서로 부비며 무리를 지어
겹겹이 쌓인 어둠의 나이테를 벗긴다.
우리 지나온 길 또한 저러했겠지.

내일 아침 몇 사람은
지중지중 배 난간에 기대어서

바다에 떨어진 그 은빛 날개 조각을 볼 수 있을는지.
—「밤비의 날개」 전문

이 시편은 사물에 대한 뛰어난 묘사와 그것을 자신의
삶으로 치환하는 시인의 예리한 시선을 잘 보여준다. 바
다 위 여객선으로 밤비가 내린다. "천길 빙하"와 "첩첩
산길"을 건너온 빗방울들은 얼굴에 맺히기도 하고 연체
동물처럼 손등을 기어가기도 한다. 이러한 물질적 접촉
을 통해 시인은 빗방울들이 "어떤 먼 인연들"이자 "머뭇
거리며 악수를 청해야 하는 인연들"로 다가옴을 느낀다.
밤바다로 끝없이 뛰어내리며 사라져가는 빗방울들을 바
라보면서, 불빛 줄기와 섞여 반짝거리는 밤비의 "은빛
날개"를 바라본다. 어느새 빗방울들은 날개를 서로 부비
며 자신들의 "겹겹이 쌓인 어둠의 나이테"를 벗기고, 시
인은 어둠의 나이테를 벗기며 은빛 날개로 살아온 세월
을 스스럼없이 고백한다. 그렇게 바다에 떨어진 빗방울
들의 은빛 날개 조각은 시인 자신의 삶의 흔적으로 몸을
바꾼다. 시인으로서는 자연 사물로 시선을 한껏 옮겼다
가 다시 궁극적 자기 발견으로 회귀하는 과정을 다시 한
번 보여준 것이다.

이처럼 유봉희 시인은 "어떤 이의 울먹임이/ 어떤 이
의 고단한 쓸쓸함이/ 조금씩 넘치고 얼어서/ 결빙의 무
늬"(「하이든을 연주하는 새벽 달」)를 이루고 있는 사물들을
향해 한껏 나아갔다가 결국 자신에게로 귀환하는 상상

적 과정을 한결같이 보여준다. 이러한 서정시의 자기 회귀성은 사물의 발견과 함께 그것을 자신의 삶과 등가적 원리로 결합하는 은유적 속성을 곧잘 구현한다. 사물을 발견하고 그것을 주체의 자기 표현에 원용하는 은유 원리는 서정시의 자기 회귀성에 적극 이바지한다. 주체의 시선으로 사물의 고유성을 발견하고 그 응시의 힘으로 자신의 삶의 태도를 다시금 성찰하는 은유 원리는 그 점에서 유봉희 시학을 감싸고 있는 양도할 수 없는 기율이 되고 있는 것이다. 유봉희 시인은 바로 그 응시의 힘으로 사물들에 활력을 불어넣는 시적 상상의 과정을 치러내고 있는 것이다.

3. 시간에 대한 경험과 해석

표제가 암시하듯이 유봉희 시인은 이번 시집을 통해 지나온 시간의 깊은 심연을 성찰하려는 의지를 적극 드러낸다. 그래서 그녀에게 '시간'은 매우 중요한 시적 대상이 된다. 사실 시간은 시적 대상이기에 앞서 시적 후경後景으로 머물러 있으면서 시를 감싸는 물리적 조건일 때가 많다. 하지만 유봉희 시인은 시간의 움직임을 통해 생의 '다른 목소리(the other voice)'를 들으면서 자신만의 존재 전환을 상상하고 실천하려 한다. 그 목소리를 통해 자기 존재에 대한 확인과 성찰의 이중적 작업을 수행하고 있는 것이다. 다음 시편을 읽어보자.

길게 다리 뻗은 능선
지 아래는 실눈 뜬 바다
바위 위에 앉아 숨을 고르는데
소라와 조개껍질이 바위 등에 총총히 박혀 있다.
화석이 된 송곳니 같은 조그만 몸채가
몇 만 년 전 바다를 악물고 있다.

산의 높이가 바다의 깊이로 떨어지는 이곳
눈 감으면 파도 소리인 듯 바람 소리인 듯
만 년 전 소금기 먹은 바람이
바위산을 휘휘 서늘하게 핥고 있는
산인지 바다인지 알 수 없는 여기에서
문득 걸어가는 시간의 발을 잠시 목격했다.

그 발걸음 소리 듣지 못할지라도
언젠가 누군가는
싱싱한 해초 사이로 물고기 떼의 운무를 보겠지.
지금 개미 한 마리 자기보다 세 배로 큰 먹이를 물고
바위틈을 오르고 있는 여기에서.
                    —「현장은 왕복여행권을 가졌다」 전문

이 시편은 바다가 바라보이는 산의 가파른 능선을 배
경으로 택했다. 아래로 실눈 뜬 바다가 보이는 그 능선에

서 시인은 "화석이 된 송곳니"로 몇 만 년 전 바다를 악
물고 있는 바위를 바라보고 있다. 그녀의 두 번째 시집
제목을 연상시키는 커다란 스케일의 시공간이 펼쳐지고
있다. 그렇게 수직 낙하의 감각이 출렁이는 이를테면
"산의 높이가 바다의 깊이로 떨어지는" 곳에서 시인은
"파도 소리인 듯 바람 소리인 듯/ 만 년 전 소금기 먹은
바람"이 바위산을 훑고 있는 것을 발견한다. 산인지 바
다인지 구분이 안 되는 아득한 곳에서 시인은 문득 "시
간의 발"을 목격한다. 시간이 걷는 발걸음 소리는 비록
들리지 않았지만, 시인은 싱싱한 해초 사이로 물고기 떼
의 운무가 밀려오고 개미가 자기보다 몇 배 큰 먹이를 물
고 오르는 바위 위에서 잠깐 발을 보여주는 시간을 문득
바라본 것이다. 그리고 오래고 오랜 시간의 흐름을 파도
소리로 바람 소리로 들은 것이다. 그것이 바로 어느 순간
듣게 되는 생의 '다른 목소리'일 것이다. 이렇게 시원始原
의 형상이 살아 있는 곳에서, 시인은 자기가 걸어온 시간
에 대한 확인과 성찰의 이중적 작업을 수행하고 있는 것
이다. 다음 시편도 그러한 맥락에서 읽을 수 있다.

그때 고래가 나타났다.
수평으로 활짝 펴서 천천히 물 속으로 떨어지는 꼬리지
느러미
조각조각으로 흐르는 빙하 속을 물레방아 돌리며
고래 한 마리가 침실 발코니 앞으로 오고 있다.

여행객들이 다이닝룸에서 저녁 잔을 기울이고 있을 때
멀리서 안테나를 올렸었는지
모자도 없이 바람에 날리는 한사람을 읽었나 보다.

아득한 시간 넘어 바다로 들어간 그가
가장 크고 오래된 그의 책장을 넘긴다.
이 두근거림을 그냥 침묵이라고 말해버릴 수는 없겠다.
이제 알 것도 같다.
왜 나는 자꾸 바다로만 가고 싶었던지
이제 어두워가는 빙하 위에서
몇 천만 년 만의 해후를
안타까운 10초로 만났다.

그래, 세상 밖에서도 내가 진정으로 만나는 것들은
머리가 아닌 꼬리였었지.
내일 아침 이 배는 항구에 닿고
바다를 떠난 오랜 후에도
고래는 바다를 넘듯 시간을 넘어 나에게 올 것이다.
—「고래 꼬리」전문

　　고래는 꼬리지느러미를 수평으로 펴 천천히 물속으로
가라앉아 있다가 그 꼬리로 빙하 속을 뚫고 시인의 앞에
까지 와 있다. 하루가 기운 배 위에서 고래는 모자도 없
이 바람에 날리는 한 사람을 읽은 것이다. 그때 시인은
아득한 시간을 넘어 바다로 들어간 그가 넘기는 크고 오

랜 책장을 상상한다. 고래와 시인이 '침묵'을 통해 한몸
이 되는 순간이 아닐 수 없다. 여기서 '고래'는 시원의 형
상이 살아 있는 상상적 존재이자 바다를 유영遊泳하며 시
인으로 하여금 바다로 가고 싶게 하고 궁극에는 "어두워
가는 빙하 위에서/ 몇천만 년 만의 해후"를 가능케 한 실
물적 존재이기도 하다. 그렇게 잠깐 만난 고래를 통해
시인은 자신이 세상 밖에서 만난 것들이 머리가 아닌 '꼬
리'였다는 것, 그리고 배를 떠난 후에도 고래가 바다를
넘어 시간을 넘어 자신을 찾아올 것을 상상한다. 말할
것도 없이 고래는 오랜 시간을 격절隔絕하여 찾아오는 생
의 '다른 목소리'일 것이다. 그리고 "때로는 눈감고 세상
앞에 서라고/ 때로는 눈감고 세상을 보라고/ 때로는 눈
감아주라고"(「정말 좋은 사진」) 말해주는 생의 도반道伴이
기도 할 것이다. 앞으로도 유봉희 시인은 심원한 스케일
과 감각으로 고래와 함께, 고래가 되어, 이 거친 바다를
헤쳐 갈 것이다.

　우리가 보아왔듯이 유봉희 시인은 시간에 대한 시적
탐구에 매진하고 있다. 그녀가 꿈꾸고 복원하는 '시간'은
순결했던 날들을 추억하는 차원에서 시작하여, 가장 근
원적인 형상을 한 메타적 시간을 포괄하는 데까지 이르
고 있다. 그렇게 유봉희 시인은 '시간'에 대한 새로운 경
험과 해석을 지속적으로 보여주면서, 직선적이고 분절
적인 근대적 시간에 저항하면서, 새로운 차원의 시편을
열어가고 있는 것이다. 아득하고 깊다.

4. 깊은 기억의 인화

　우리가 잘 알듯이, 기억이란 서정시가 구현할 수 있는 시간 예술적 속성을 충족하면서 인간의 깊고 오래된 근원을 유추하게끔 하는 유력한 형질로 기능한다. 대부분의 시간은 시 안에서 기억의 형식으로만 존재하기 때문이다. 그만큼 기억은 서정시가 오랫동안 지켜온 기율이기도 하고, 망각된 것들을 재구(再構)하는 데 심혈을 기울여온 시인들의 경험적 방법이기도 하다. 유봉희 시인 역시 자신만의 고유한 기억을 통해 자신을 있게 한 근원적인 것들을 적극 탐구한다. 그렇게 그녀는 기억을 통해 근원적 사유와 감각으로 나아가면서 자신의 현재형을 살피고 있다.

> 시퍼런 물이 가로 놓여 있었어
> 꼭 건너가야 하는데 뛰어넘을 수도 없고
> 돌아가는 길도 보이지 않는데.
> 죽을힘을 다하여 펄쩍 뛰어보는 수밖에
> 물가에 닿은 발이 뒤로 넘어가려는, 그 찰나
> 내 허리를 받쳐서 물가로 올려놓는 손
> 꿈속에서도 놀라워 뒤돌아보니
> 두 손으로 나비 날개를 만들어
> 내 허리를 받친 엄마 손.

다음 생엔 무엇으로 태어나고 싶으세요. 물어보면
깊은 산 속 나무로 살겠다고 하시던
다시 태어나도 너희들의 엄마가 되고 싶다고
말씀 안 하시던 야속한 당신이
그러시더니
깊은 산 속 나무도 안 되시고
내 허리에 나비 손을 만드시는 어머니.
—「어머니의 나비 손」 전문

가족이란 누구에게나 가장 깊은 기억의 뿌리이자, 지나온 시간을 거슬러 오를 수 있는 경험적 실재일 것이다. 이때 시간을 거슬러 오르는 기억은, 단순하게 과거를 살려내는 행위가 아니라, 지나온 시간을 원초적 경험의 형식으로 복원하고 동시에 그것을 현재형과 연루하는 적극적 행위가 된다. 시인은 그러한 기억을 통해 자신의 존재론적 기원(origin)을 노래한다. 그러니 자연스럽게 "혜화동에 비가 오네요./ 이름이 생각 날듯 말듯, 한 책방 앞에서/ 금방 집 한 채가 켜졌습니다./ 우산 속은 오롯한 집 한 채입니다/ 오색 지붕들이 둥둥 떠내려가는 혜화동 길목/ 빨간 지붕이 옆집 지붕을 스쳤습니다./ 빗방울 몇 개는 후드득 날렸습니다."(「일기예보를 듣다가」) 같은 선명하고도 아름다운 기억의 인화 작업이 진행될 수 있는 것이 아닌가.

시인은 꿈속에서, 시퍼런 물이 가로놓여 건너기 어렵

고 돌아가는 길도 막혀 있는 곳에 있다. 그 순간 허리를 받쳐 물가로 올려놓는 손이 있었다. 그것은 바로 나비 날개를 만들어 허리를 받쳐주신 엄마의 손이다. 이 꿈속에서의 해후는 오랜 기억으로 인화되어, 다시 태어나면 "깊은 산속 나무"가 되겠다고 하시던 어머니를 떠올리게 한다. 시인은 그 기억 속에서 비록 "다시 태어나도 너희의 엄마"가 되시겠다고는 하지 않으셨지만, 지금 허리에 나비 손을 만드신 어머니를 새삼 그리움으로 만나는 것이다. 어머니가 주신 "고요의 무게"(「나비가 머문 자리」)가 바로 유봉희 시인의 삶과 언어를 가능케 해준 가장 깊은 수원水源이 아니었을까? 그런가 하면 좀 더 스케일을 크게 하여 더 근원적인 존재론적 기원(origin)을 상상하는 시편도 있다.

풀밭에 무르익은 과일이 툭 떨어지듯
그렇게 잠에서 눈뜬 아침
반쯤 눈 감은 채 자연이 부르는 소리 따라가면
귀를 밝게 깨우며 흐르는 물소리
오늘은 문득 그 소리 들판으로 함께 가고 싶어
크고 작은 도시의 마을을 떼어내며
그곳의 묵은 먼지들도 날려 보내며
네다섯 시간 차로 달려
데스밸리 지나며 언덕 어디쯤
시에라 산맥 바라보는 등선 어디쯤

산도 언덕도 멀지 않게 초원에 닿을 때
저녁 어스름 빛이라도 남았으면 좋겠지만
먼 듯 가까운 듯 늑대 우는 소리 들리면
믿을 만한 한 사람 다섯 걸음 앞에
뒤돌아 세울 수 없더라도
숨 한 번 깊게 쉬고, 별 총총 하늘 올려보며
태초의 흙사람 다시 되어 시냇물로 흐르면
사방에서 가만가만 소리치겠지
반갑다고 고맙다고, 어서 오라고
별똥별도 느낌표(!)로 떨어지겠지
　　　　　　　—「별똥별이 느낌표(!)로 떨어지다」 전문

　이 아름다운 작품은 시인이 아침에 자연 사물이 부르
는 소리에 화답하면서 씌어진 것이다. 귀를 밝게 깨우며
흐르는 물소리를 따라 시인은 도시의 마을을 떼어내며
"데스밸리 지나며 언덕 어디쯤" 혹은 "시에라 산맥 바라
보는 등선 어디쯤"에 가 닿는다. 그렇게 산도 언덕도 멀
지 않게 초원에 닿을 때 날은 이미 어둑해져 숨 한 번 깊
게 쉬고 별 총총 하늘 올려본다. 그때 시인이 상상적으
로 재현하는 것은 "태초의 흙사람"이다. 태초에 흙으로
빚어진 사람의 형상을 회복하는 그 순간, 다시 시냇물도
흐르고 사방에서 반갑다고 고맙다고 어서 오라고 소리
치고 궁극에는 별똥별도 느낌표(!)로 떨어지는 환한 장
관이 펼쳐진다. 이처럼 시인은 '흙사람'이라는 시원의 형

상을 상상적으로 구축함으로써, 그렇게 가장 깊은 몸의
기억을 인화함으로써, 우리가 잃어버린 근원적인 기억
들을 호소한다. 아름답고 먹먹한 서정이 시편을 자욱하
게 물들이고 있다.

원래 서정시는 시간에 대한 기억을 재구성하는 양식적
특성을 지닌다. 그만큼 서정시는 근원적 기억의 양상을
다루게 되고, 우리는 서정시가 수행하는 기억의 원리를
따라 삶의 근원에 대한 상상적 경험을 치르게 된다. 그
점에서 유봉희 시편들은 그리움을 주조主潮로 하는 회귀
와 기억의 언어를 통해 우리로 하여금 가장 근원적인 삶
의 이치를 경험케 해주는 실례로 깊이 기억될 것이다.
시인은 "그리움은 존재의 시작"(「빅뱅은 그리움이다」)이라
고 고백했지만, 사실 거의 모든 시인이 그리움의 운명에
처해 있지 않겠는가. 하지만 유봉희 시인은 그리움의 정
서를 사적私的 경험으로부터 근원적 경험에 이르기까지
폭넓은 진폭으로 형상화함으로써 개인적 기억의 틀을
넘어선다. 그럼으로써 과거 지향에 머물지 않고 "내일을
다시 포옹해도 될 것 같은 아슴푸레한 예감"(「인스프레숀
포인트에서」)을 우리에게 전해주고 있는 것이다.

5. 모어 탐색을 통한 언어적 자의식

'언어'가 가지는 상징적 의미에 주목한 카시러(E.

Cassirer)는 "인간은 언어가 형성해주는 현실만 알 수 있을 뿐"이라고 말한 바 있다. 말하자면 우리는 언어를 통하지 않고는 어떤 의식도 형성할 수 없다는 것이다. 다시 말해 어떤 사물이나 관념도 언어로 구체화하지 않으면 의식 속에 존재할 수 없는 것이다. 그만큼 언어는 사물의 질서를 의식 안에 구성하는 불가피한 매개체이고, 시인은 언어를 통해 사물의 질서와 근원적 실재에 가 닿으려는 자의식을 가진 존재이다. 유봉희 시인은 자신의 존재론적 궁극을 모어를 통해 상상하는 모습을 꾸준히 보여준다. 모어에 대한 탐구와 실천으로 자신의 정체성을 회복하고 완성하려는 것이다. 그 점에서 유봉희 시편들은, 시詩가 언어 자체에 대한 예술 양식임을 현저하게 증언한다. 다시 말하면 언어의 도구적 기능을 넘어 언어 자체에 대한 메타적 탐색에 공을 들이고 있다. 그 메타성의 정점에 자신이 나고 자란 곳의 모어가 자리 잡고 있는 것이다.

> 명주잠자리 풀 먹인 날개 안에
> 반짝이는 형광 빛 푸른 별들이 담겨 있다.
> 하늘거리는 풀잎에서 미끄러지기라도 하면
> 그 별들은 날개에서 사르르 풀려나와
> 다시 하늘로 오르려나.
> 물소리에 젖어 있는 잠자리 심상치 않다.
> 저 고요한 더듬이가 더듬는 곳은 어디인지.

지난날 바닷가나 산기슭 어디라도
모래땅에 절구통 집을 파 놓고
눈먼 믹이가 빠지기를 무작정 기다리던 긴 날들
넓은 세상 샅샅이 누비며 사냥 한번 못하고
뒷걸음으로 빙빙 돌며 자신의 함정에 자신을 가두던
이름도 별스런 개미귀신 개미지옥.

뒤돌아보지 마라.
물 위로 날개를 활짝 편다.
한낮에도 반짝이며 별무리 끌고 가는
별박이명주잠자리.

—「풀치다」 전문

  어쩌면 이 시편은, 맺혔던 생각을 돌리어 너그럽게 용서한다는 뜻의 '풀치다'라는 아름다운 모어에 대한 헌사일 것이다. 하지만 어쩔 수 없이 그 어휘의 기표에서 시인은 '풀'을 연상하고 "명주잠자리 풀 먹인 날개"나 그 안에서 반짝이는 "형광 빛 푸른 별"을 연상한다. "하늘거리는 풀잎"도 그 친족 계열을 형성한다. 별들은 날개에서 풀려나와 하늘로 오르고, 물소리에 젖은 명주잠자리의 고요한 더듬이는 맺혔던 생각을 푸는 듯하다. 그렇게 물 위로 날개를 활짝 펴면서 별무리를 끌고 가는 반짝이는 명주잠자리에 대한 발견과 묘사의 순간은, 시인에게 가장 활짝 열리는 모어 회복의 순간이 아닐 수 없을 것이다. 그렇게 모어란 그녀에게 "작아서 더 보듬고 싶은 것"
이고 "멀리 보내면 더 가까이 머무는 것"(「명왕성아」)이
다. 그러니 "아기 배냇저고리에 보일 듯 말 듯 그려진 얼
룩"(「고운 때의 풀이」)처럼 지워지지 않는 가장 근원적인
것이 아니겠는가.

지금까지 우리가 읽어온 유봉희 시인의 세 번째 시집
『잠깐 시간의 발을 보았다』는, 이렇게 다양하고도 아름
다운 파문을 그리면서도 하나의 확연한 미학적 구심을
형성하고 있다. 그 다양하고도 아름다운 파문이란 자기
회귀와 은유 원리, 시간에 대한 경험과 해석, 깊은 기억
의 인화, 모어 탐색을 통한 언어적 자의식 등으로 나열
될 수 있을 것이고, 확연한 미학적 구심이란 기억과 회
귀를 통한 근원 탐구의 시학으로 모아질 수 있을 것이
다. 이러한 자신만의 세계를 아름답게 완성한 이번 시집
을 두고, 우리는 그녀가 앞으로 이루어갈 자기 탐구의
세계를 오래오래 바라볼 수 있었으면 하는 소망을 깊이
가져보게 되는 것이다.